彷彿你陪伴著我

吳　佳　穎

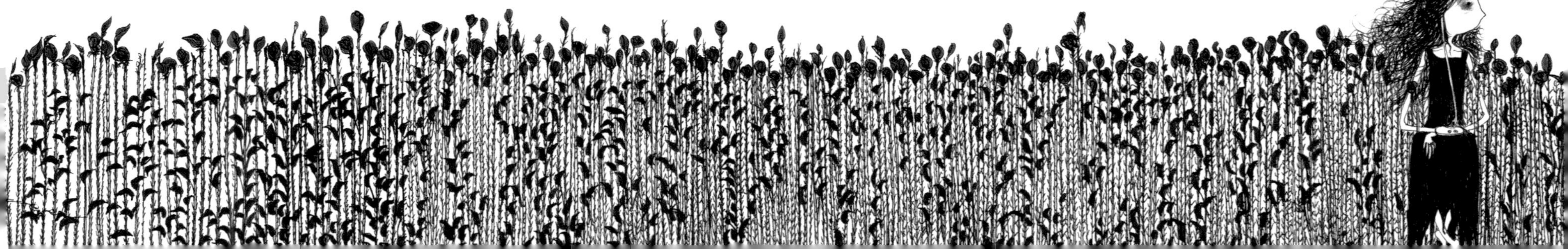

今天是我的生日，

想舉辦一個派對，

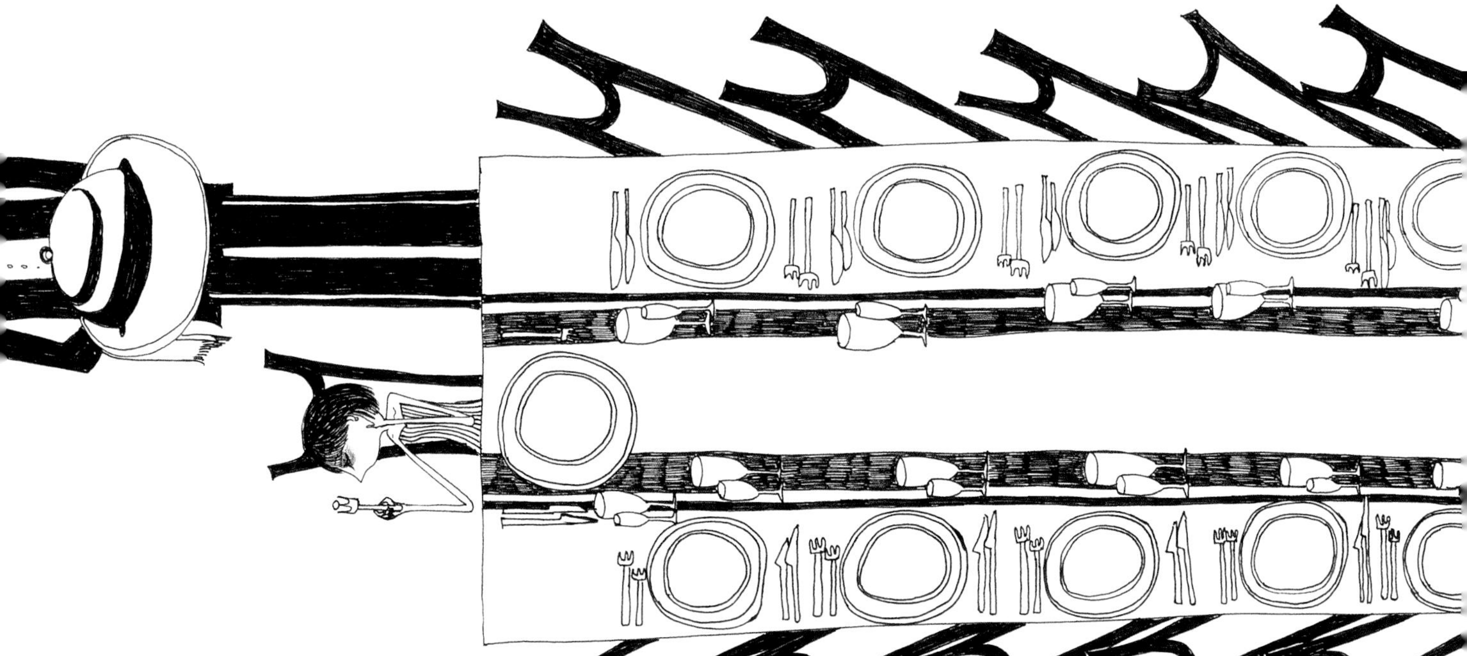

邀請我的朋友。

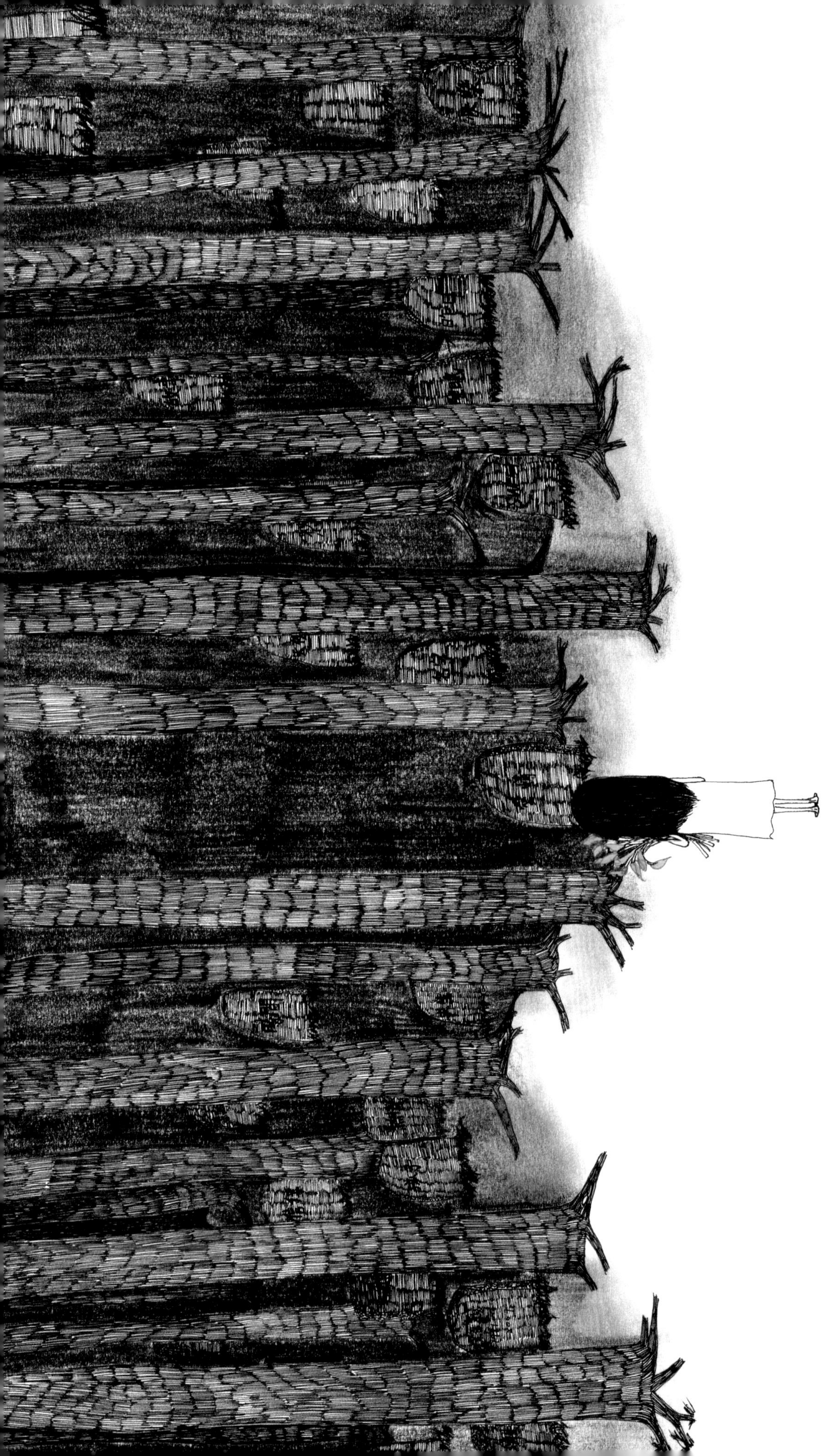

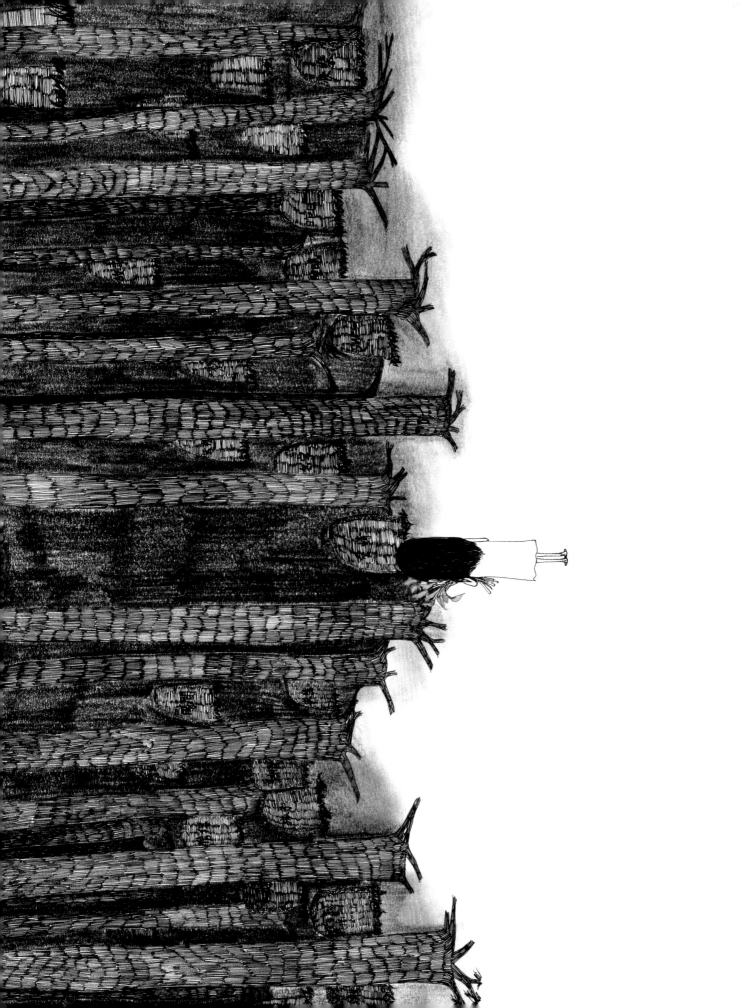

邀請海洋，

我的貓。

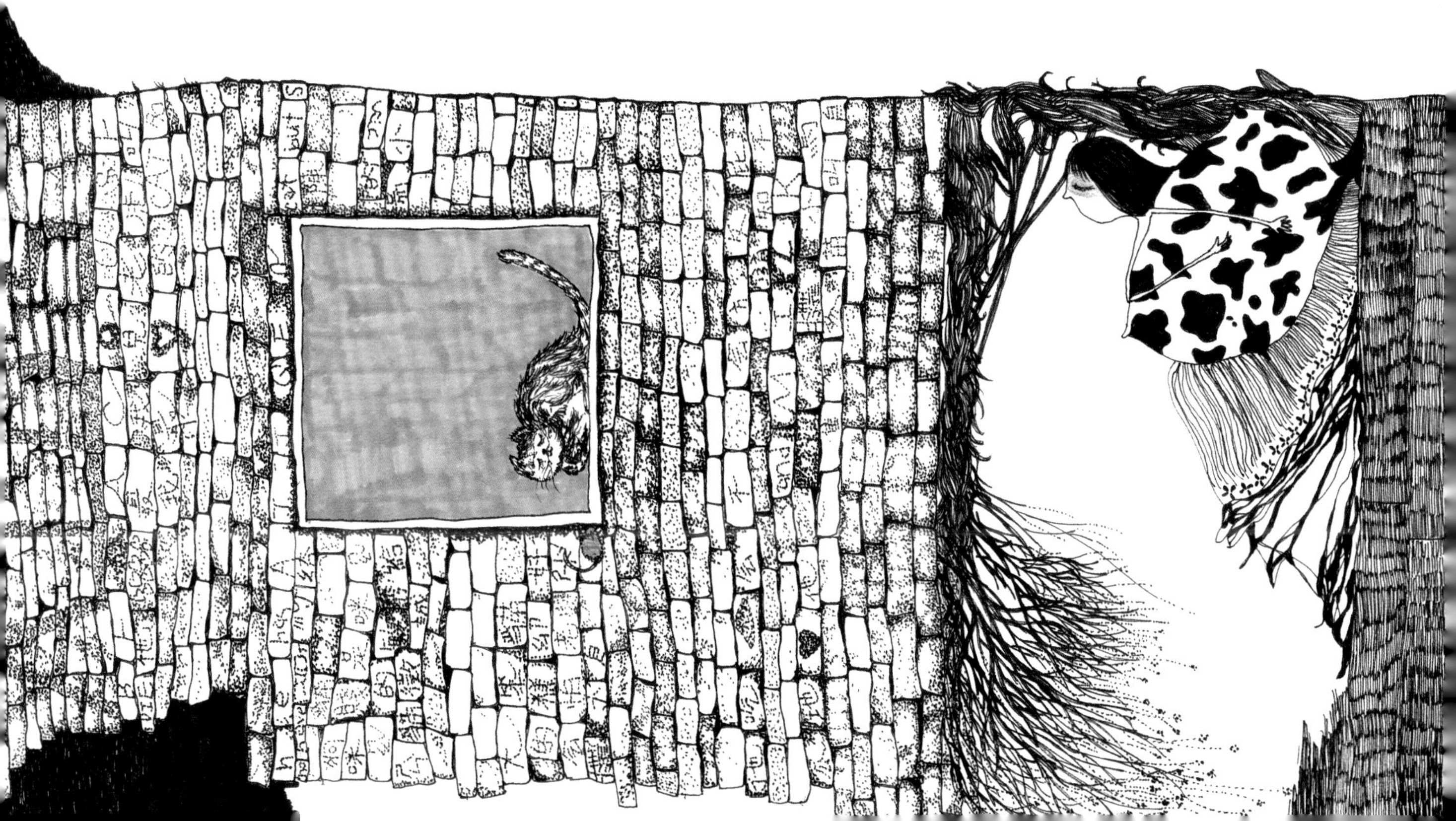

昨夜的月光，

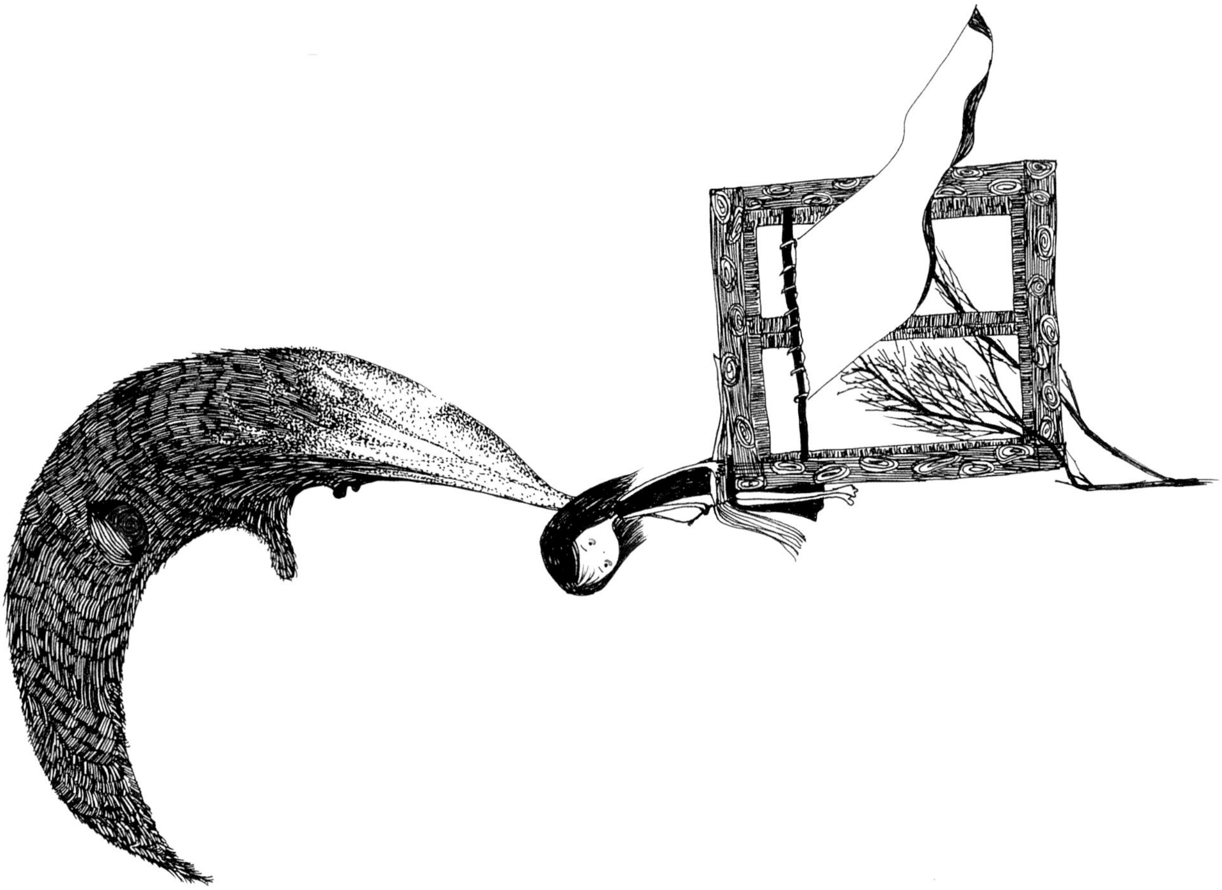

學校的大樹，

廢墟、

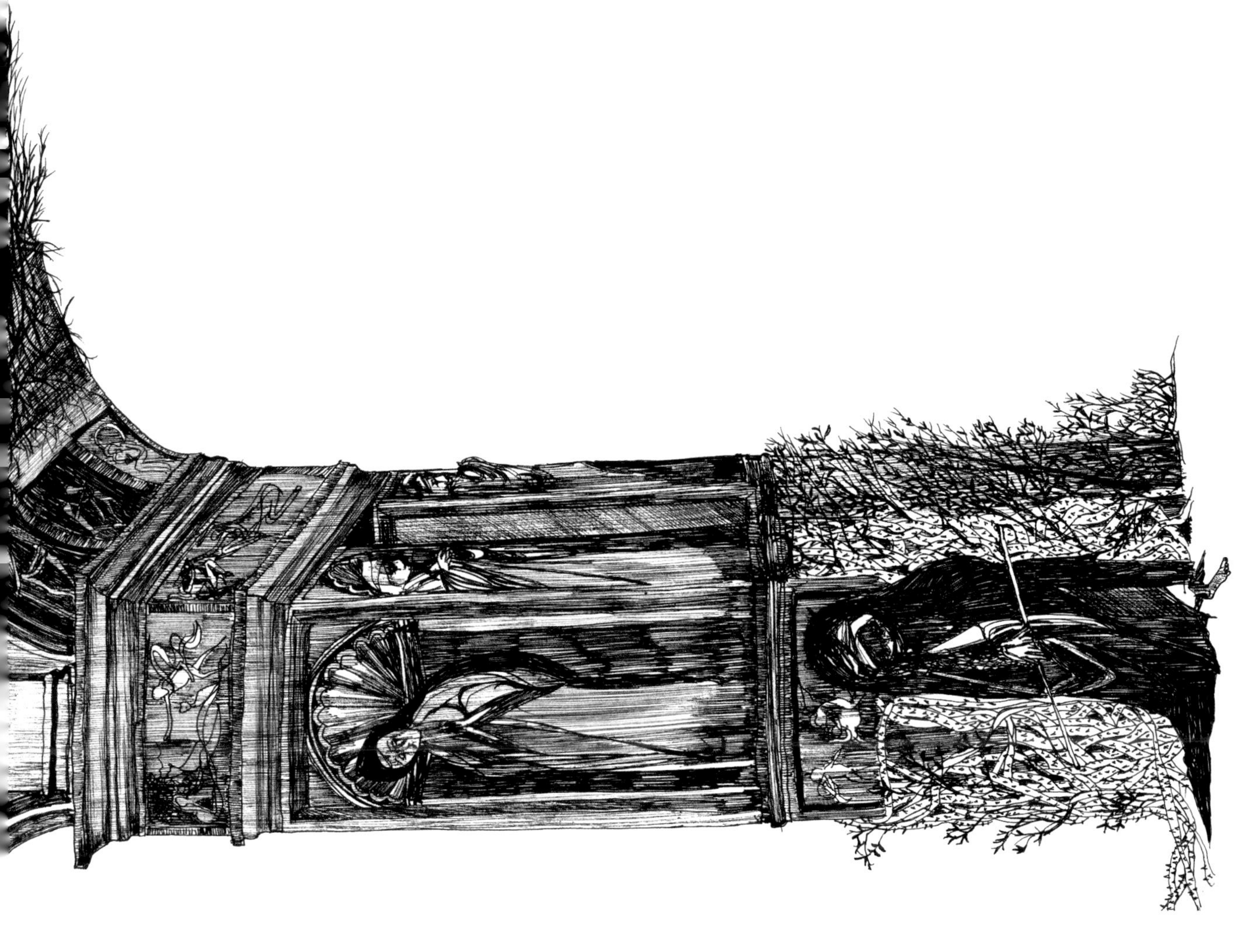

還有沒有，我差點遺忘了的，

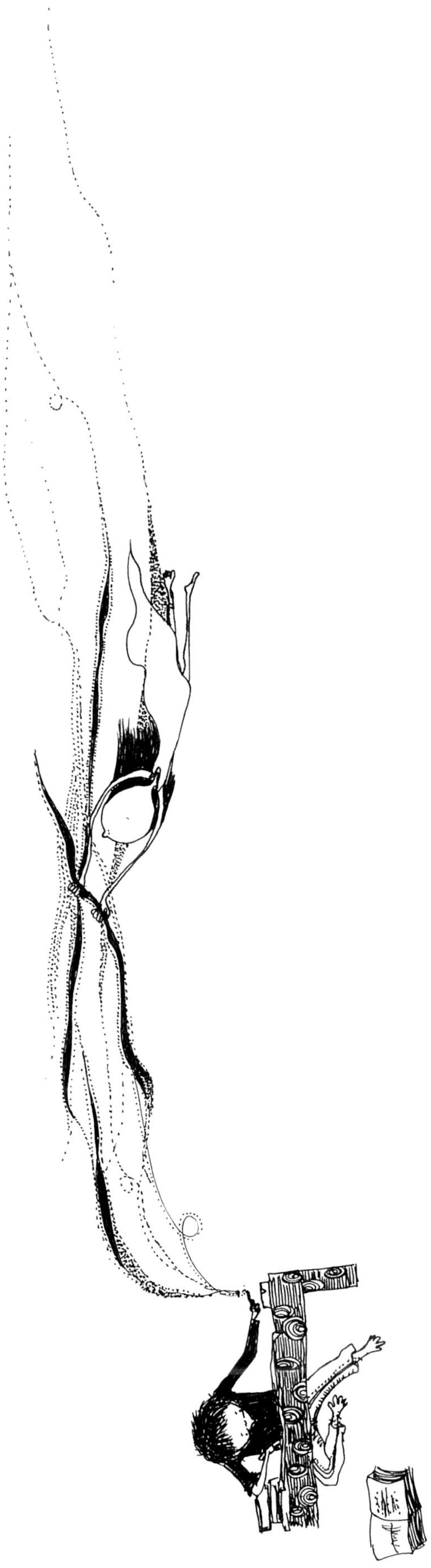

正在擁抱的戀人，

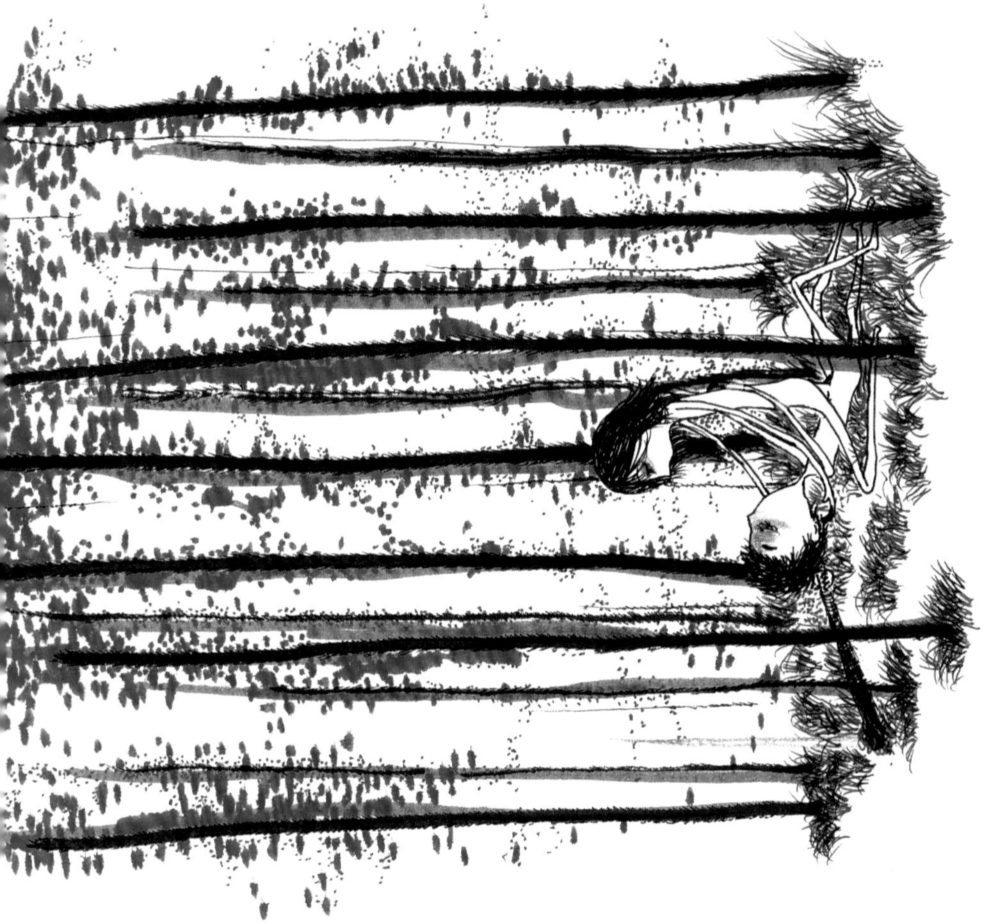

還有還有，一位兇手，

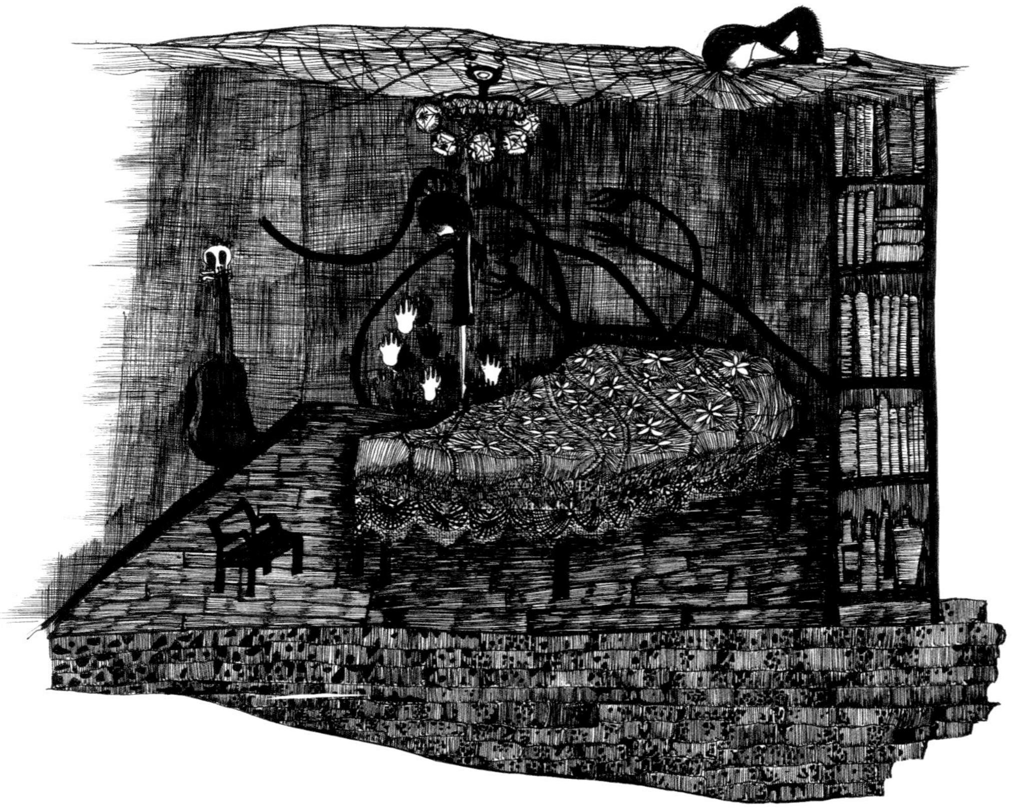

一位瘋子，

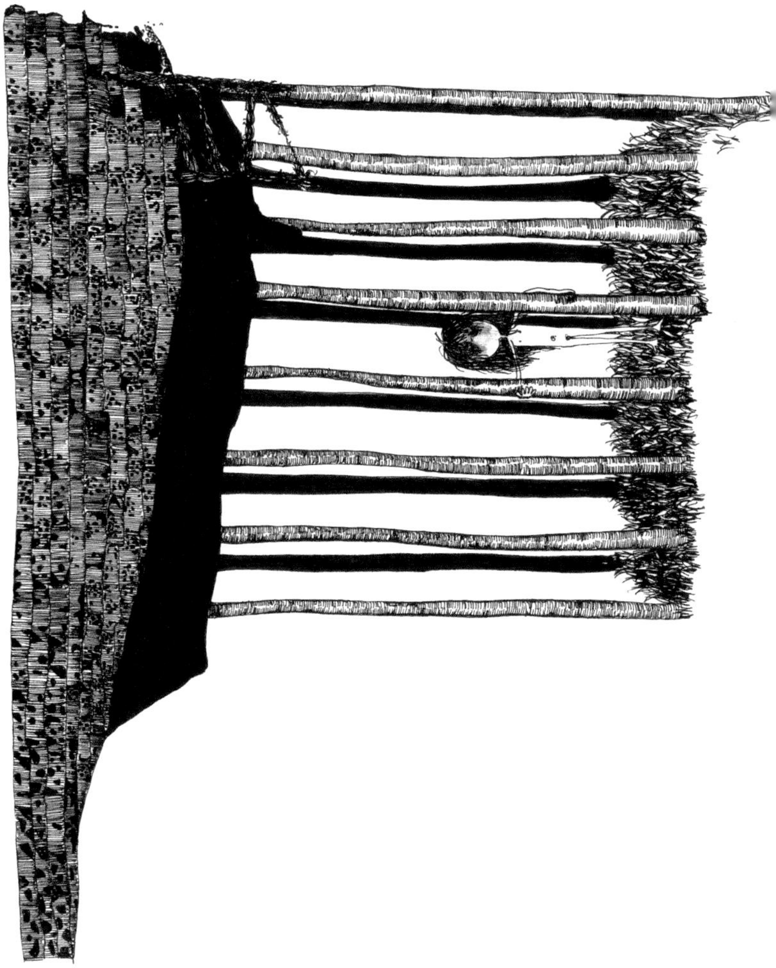

和他腦中破敗的城市。

一隻吃憂鬱活下來的蟲，

和一隻厭食得到快感的鷺。

我要上哪去找你們？

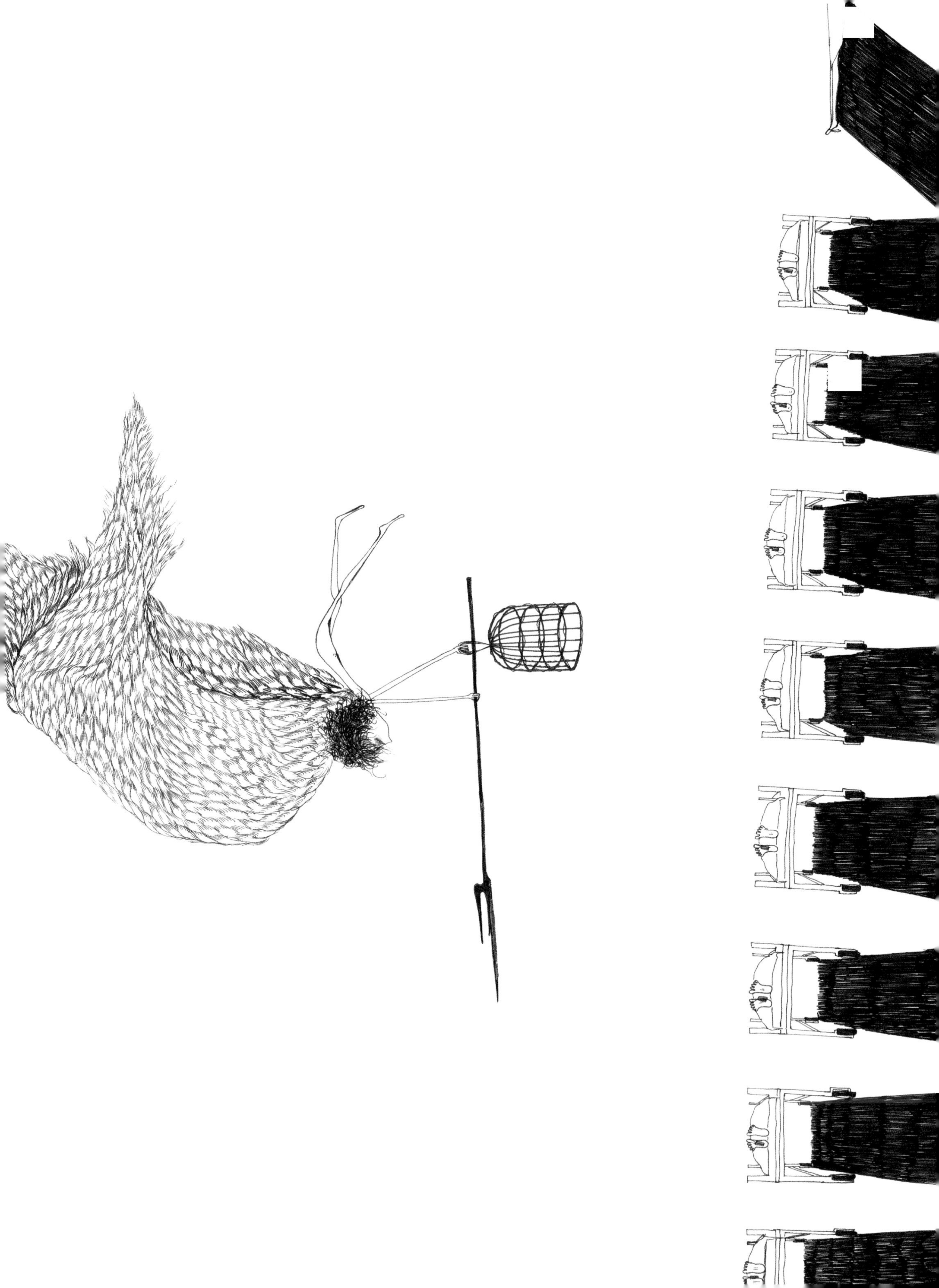

我們怎麼連絡？

你們願不願意來？

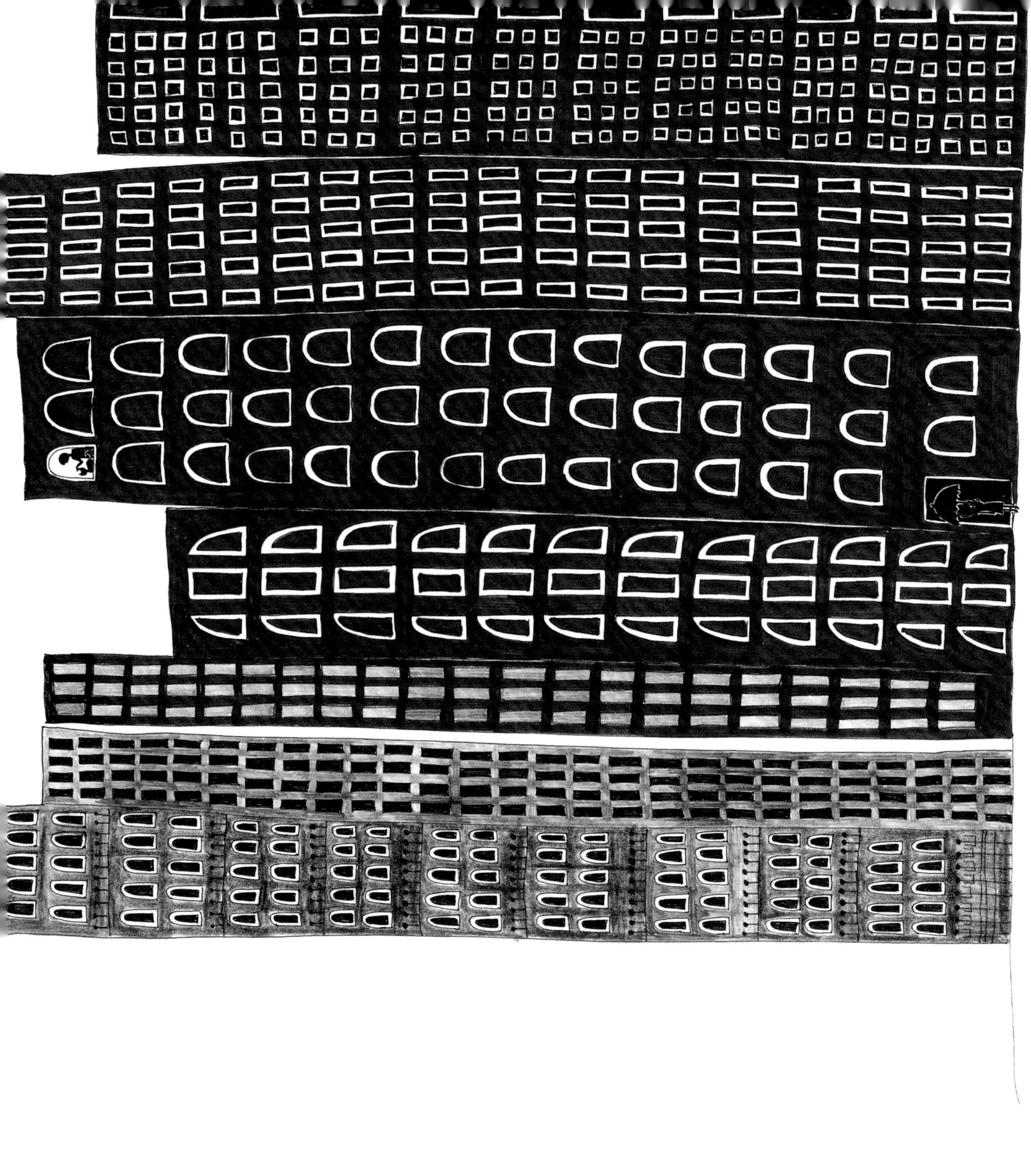

我的生日派對。

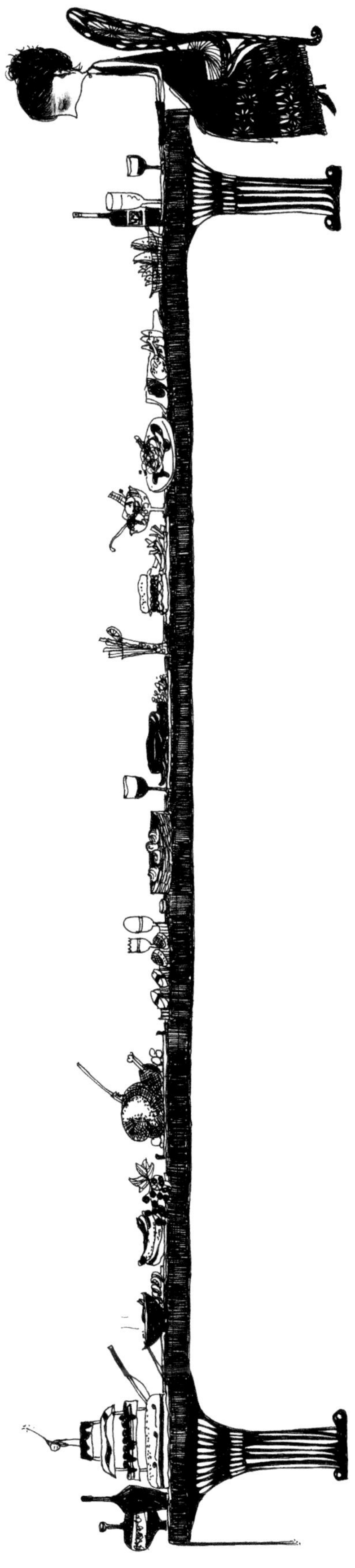

帶給我唯一的百合花朵。

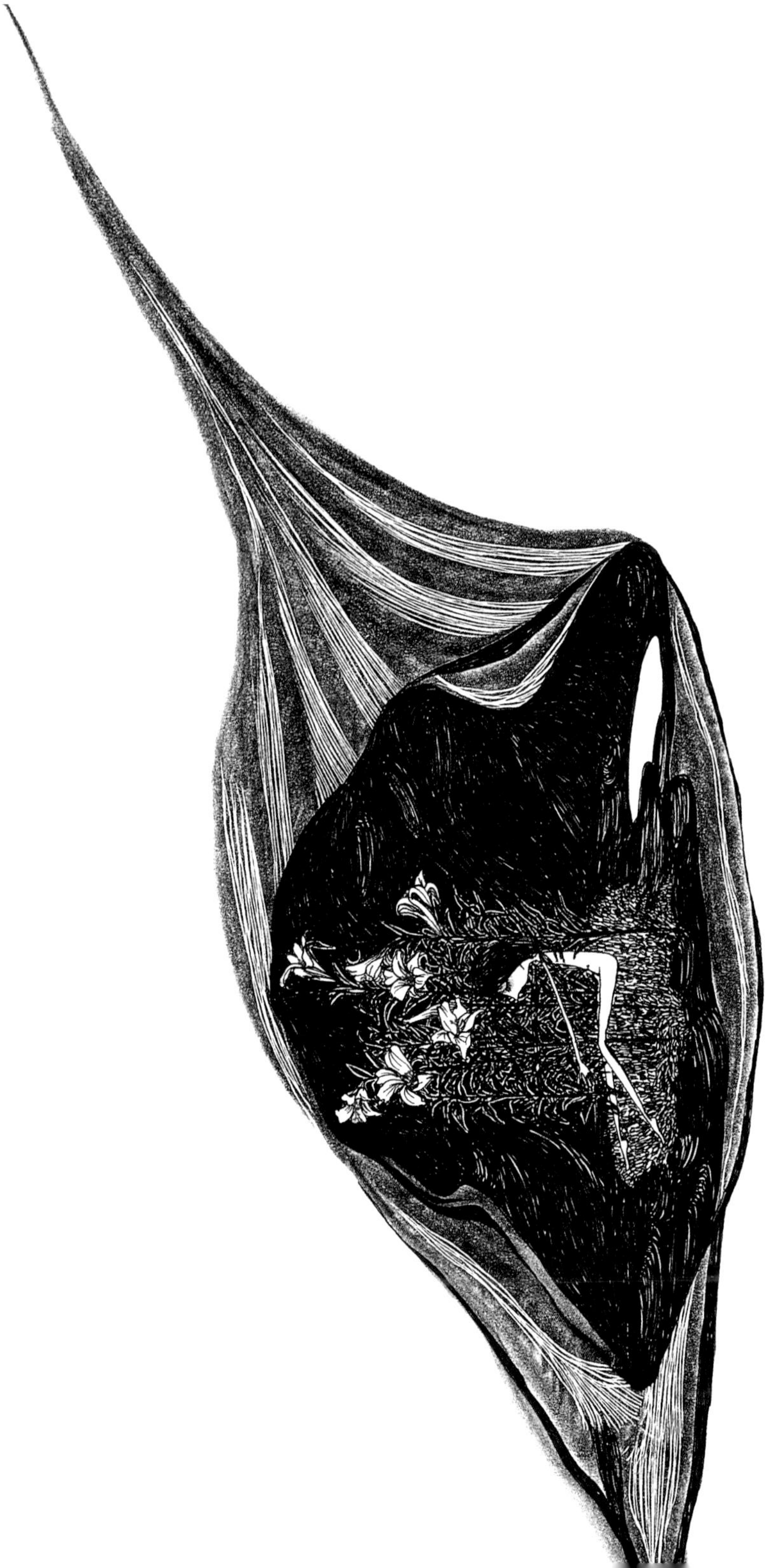

巧克力、

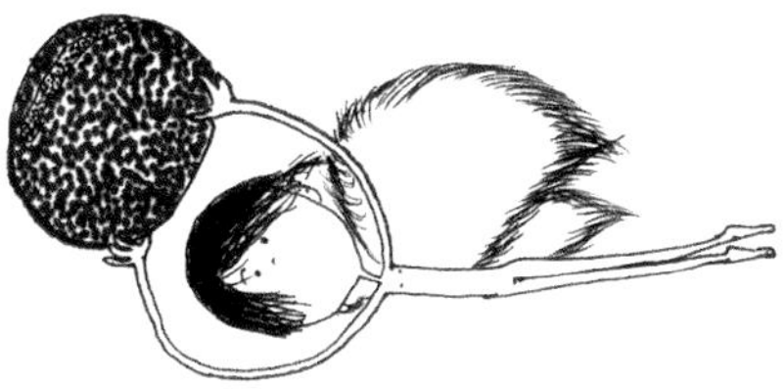

咖啡因。

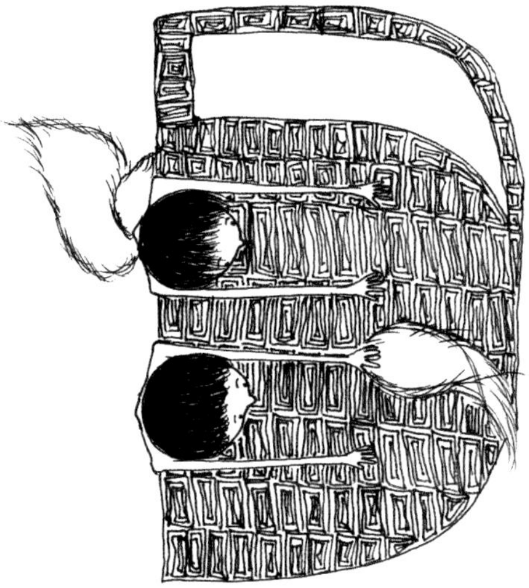

點上了許願的蠟燭，

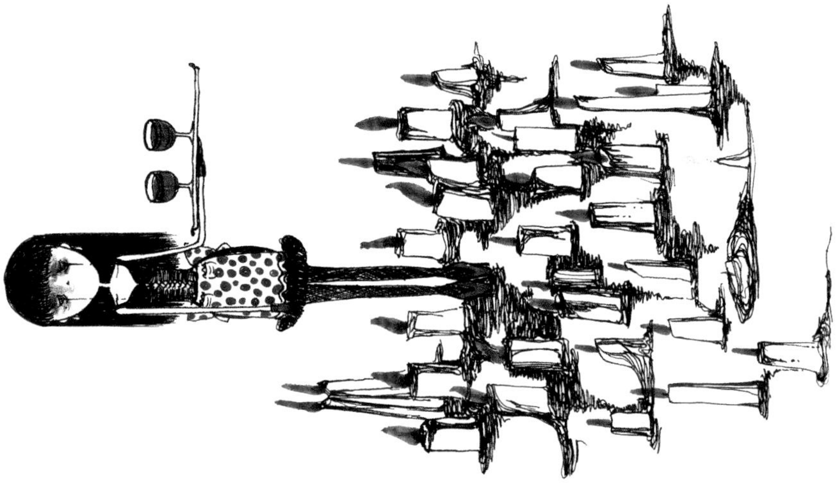

編好了能讓我們緊緊抱在一起的鬼故事。

我一個人，坐在這裡想著。

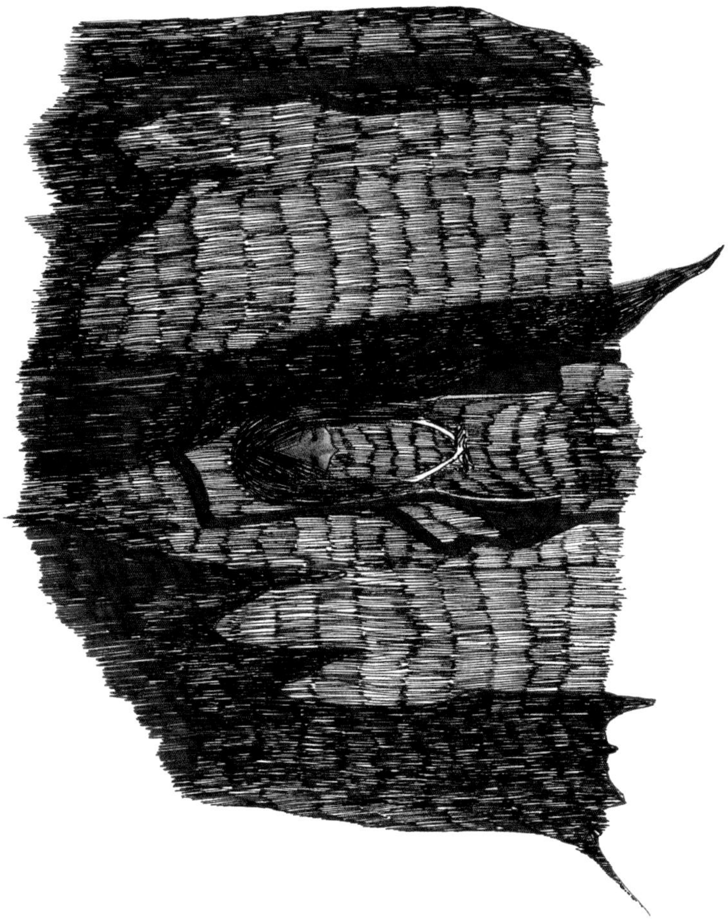

況且現在也不是水仙盛開的季節。

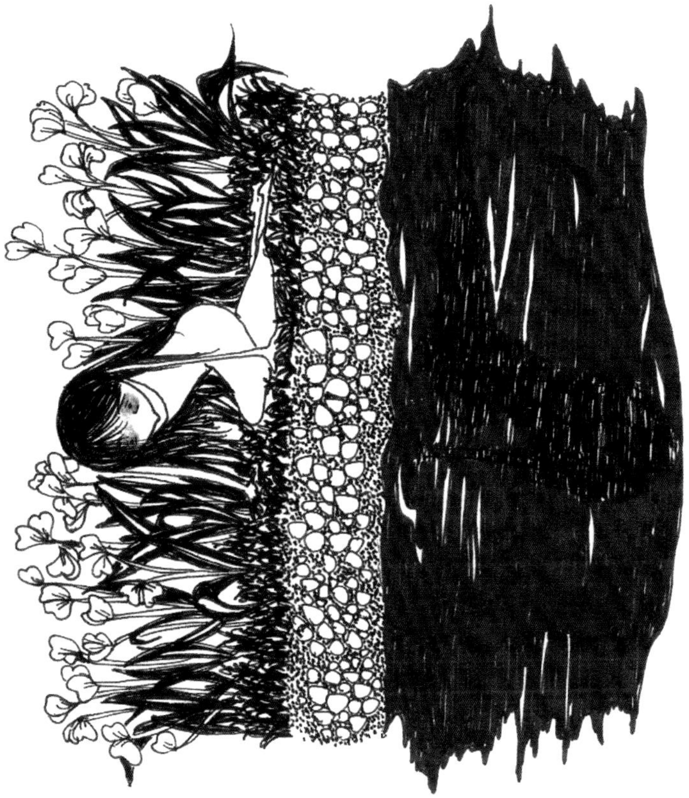

你也許還沒收拾你的玩具，

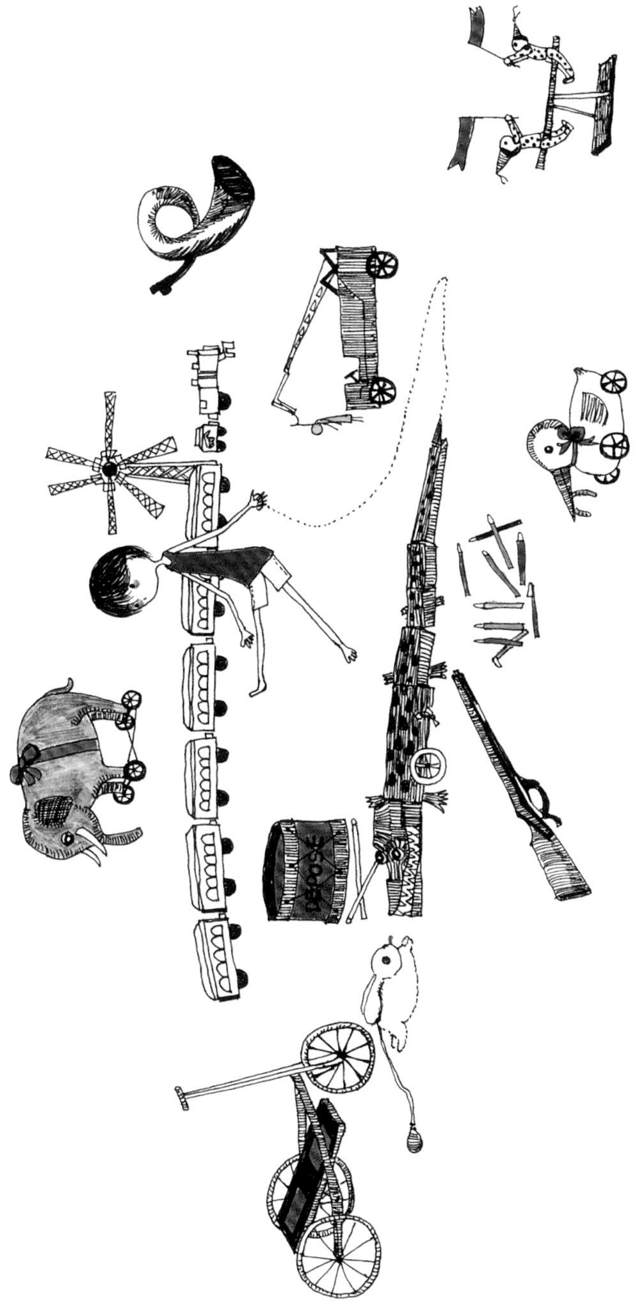

還沒去禮物商店，

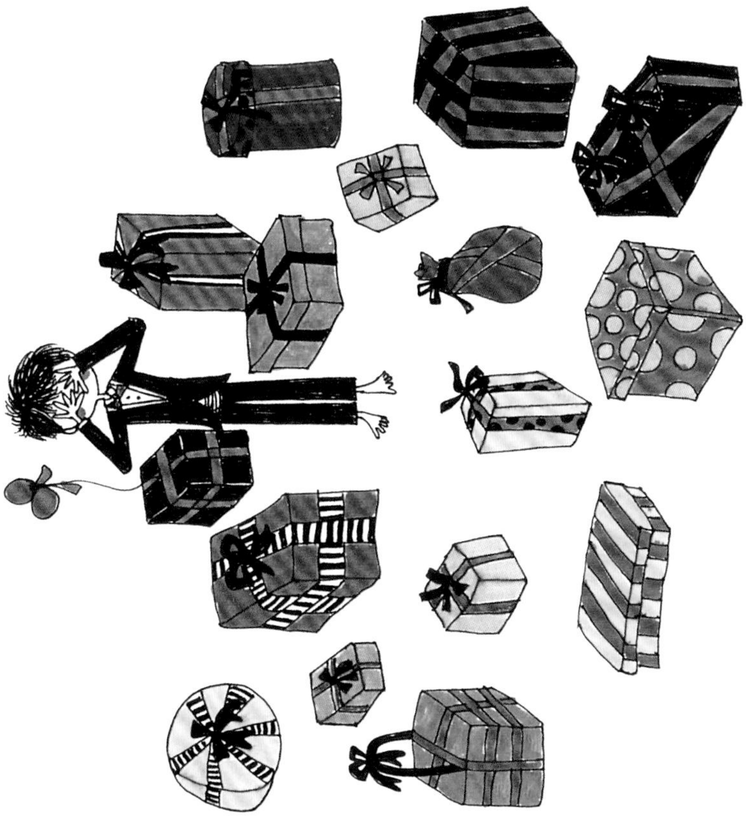

外面在下雨。

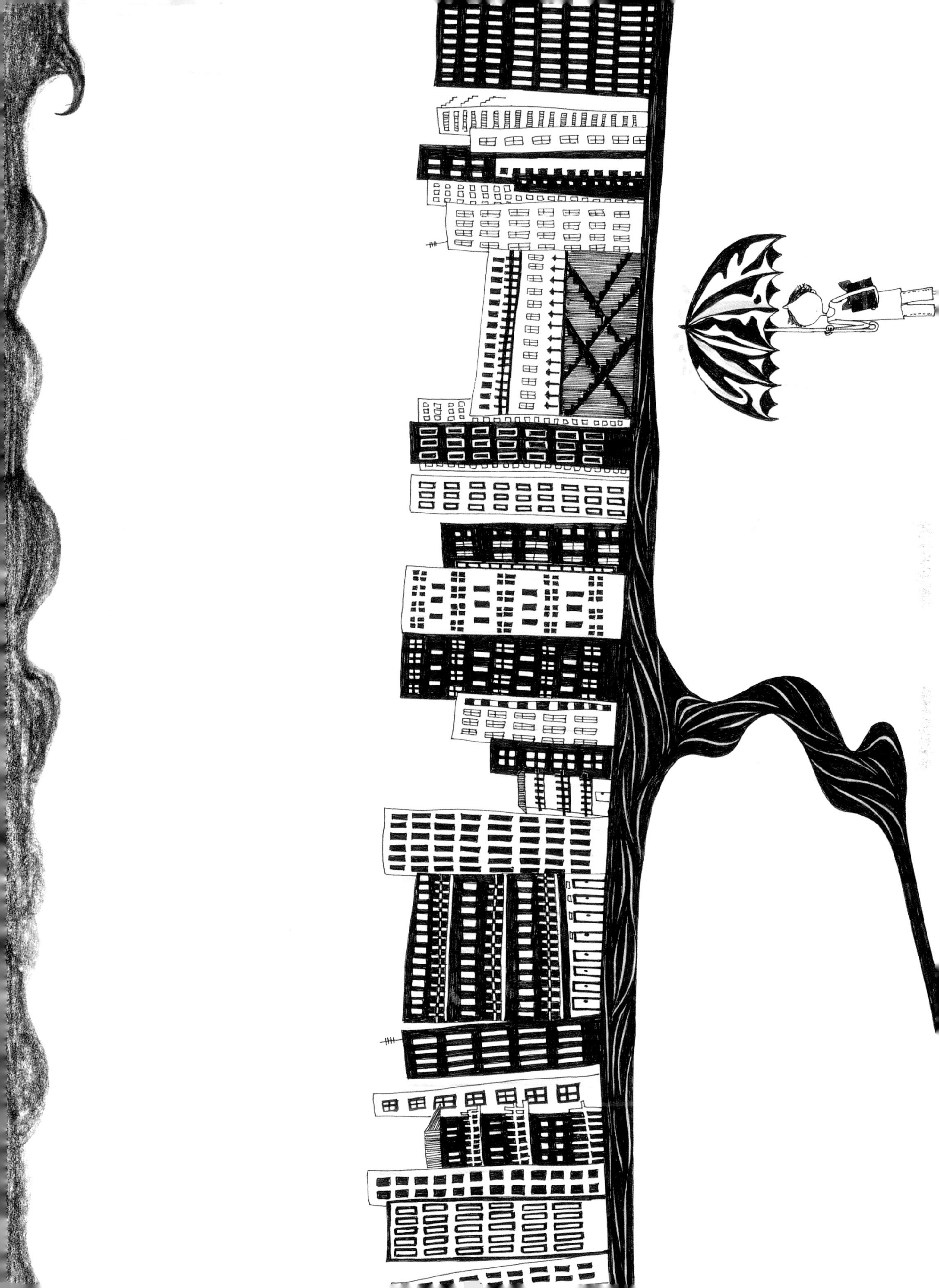

蠟蠋都在海上漂流。

還沒準備，給我的，

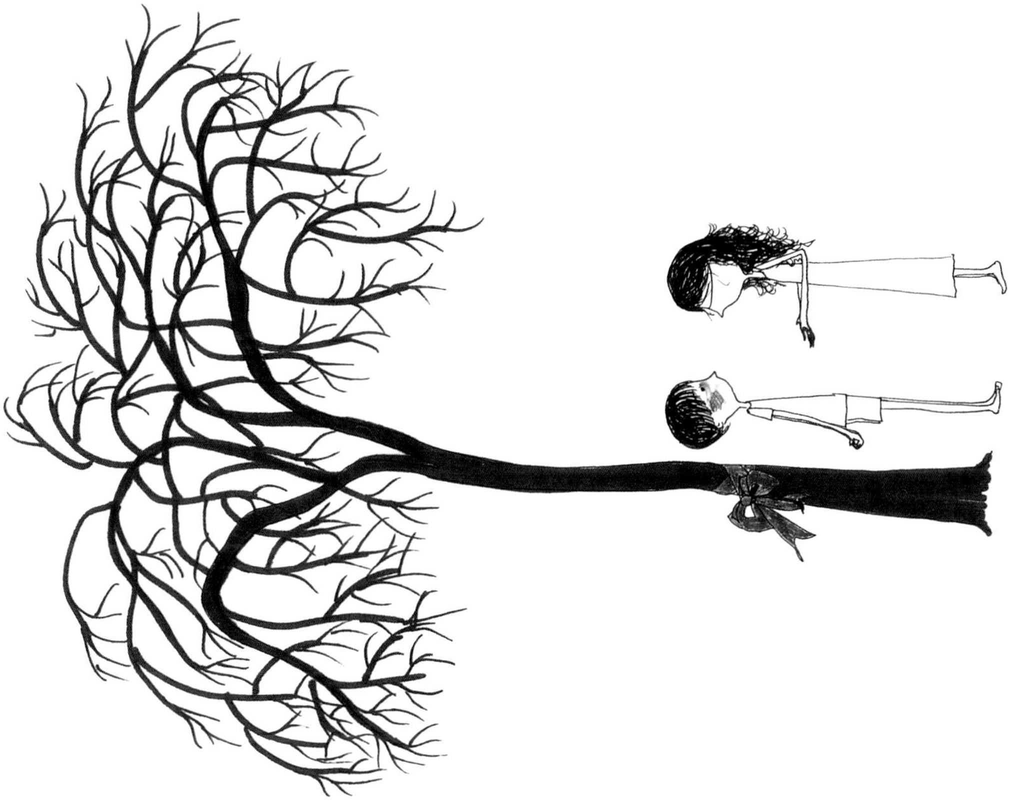

我不能祈禱不希望，

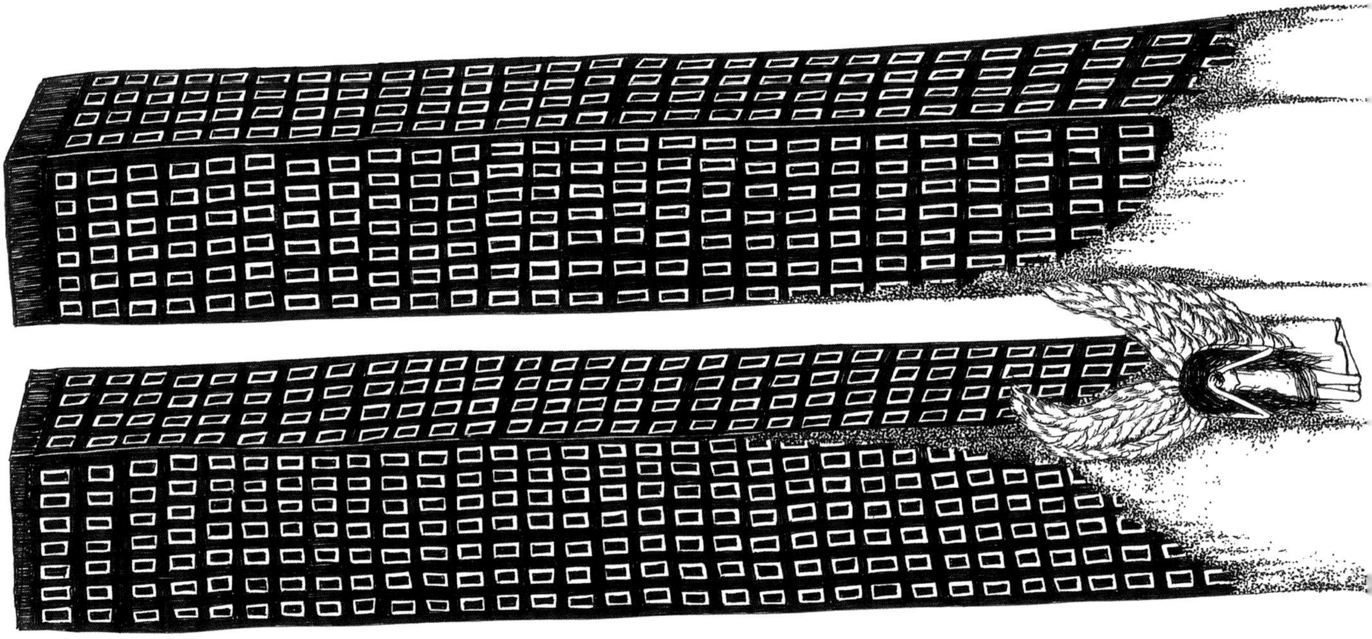

我只能閉上眼。

讓我的天空黑暗，星斗滿天。

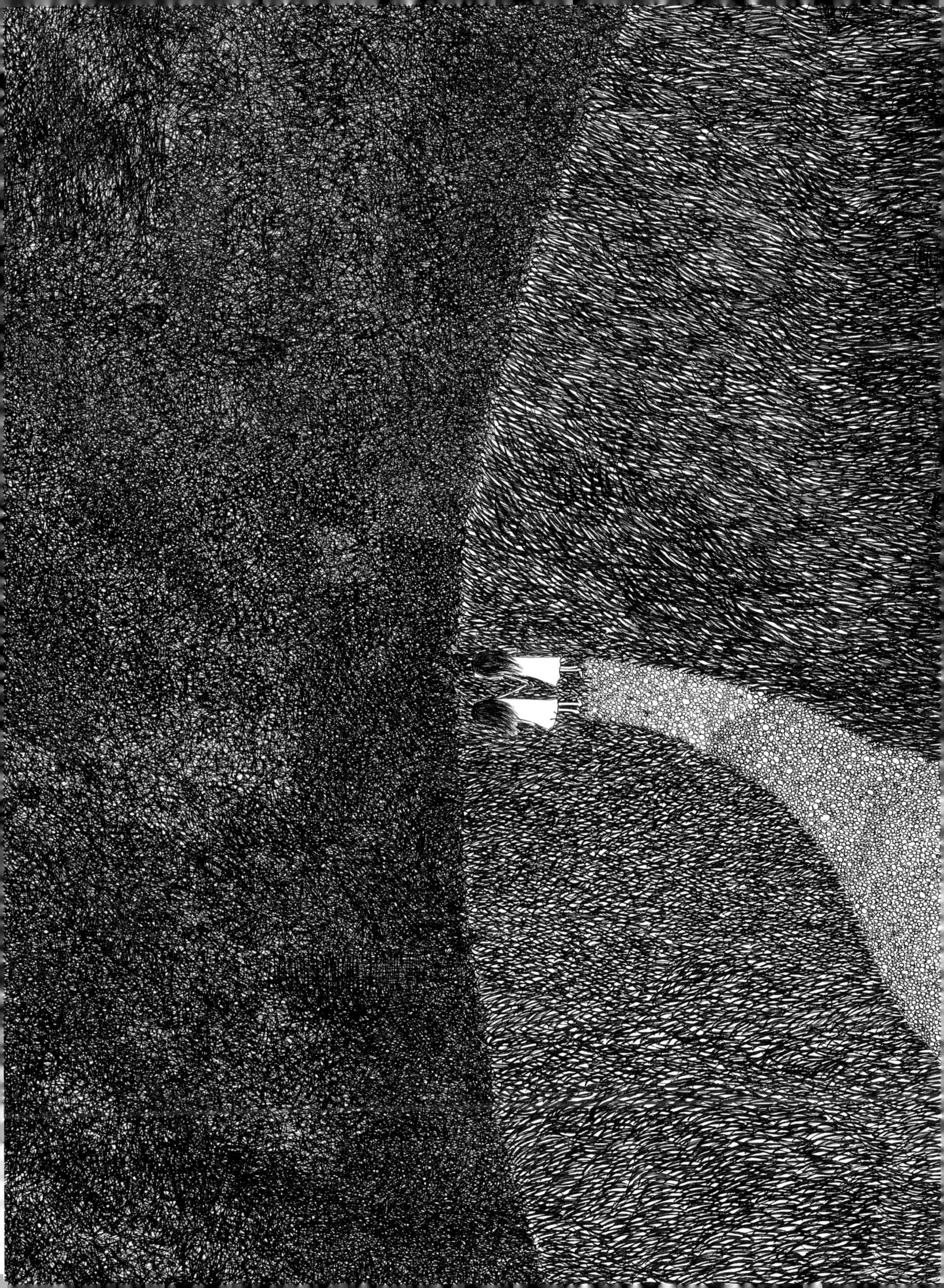

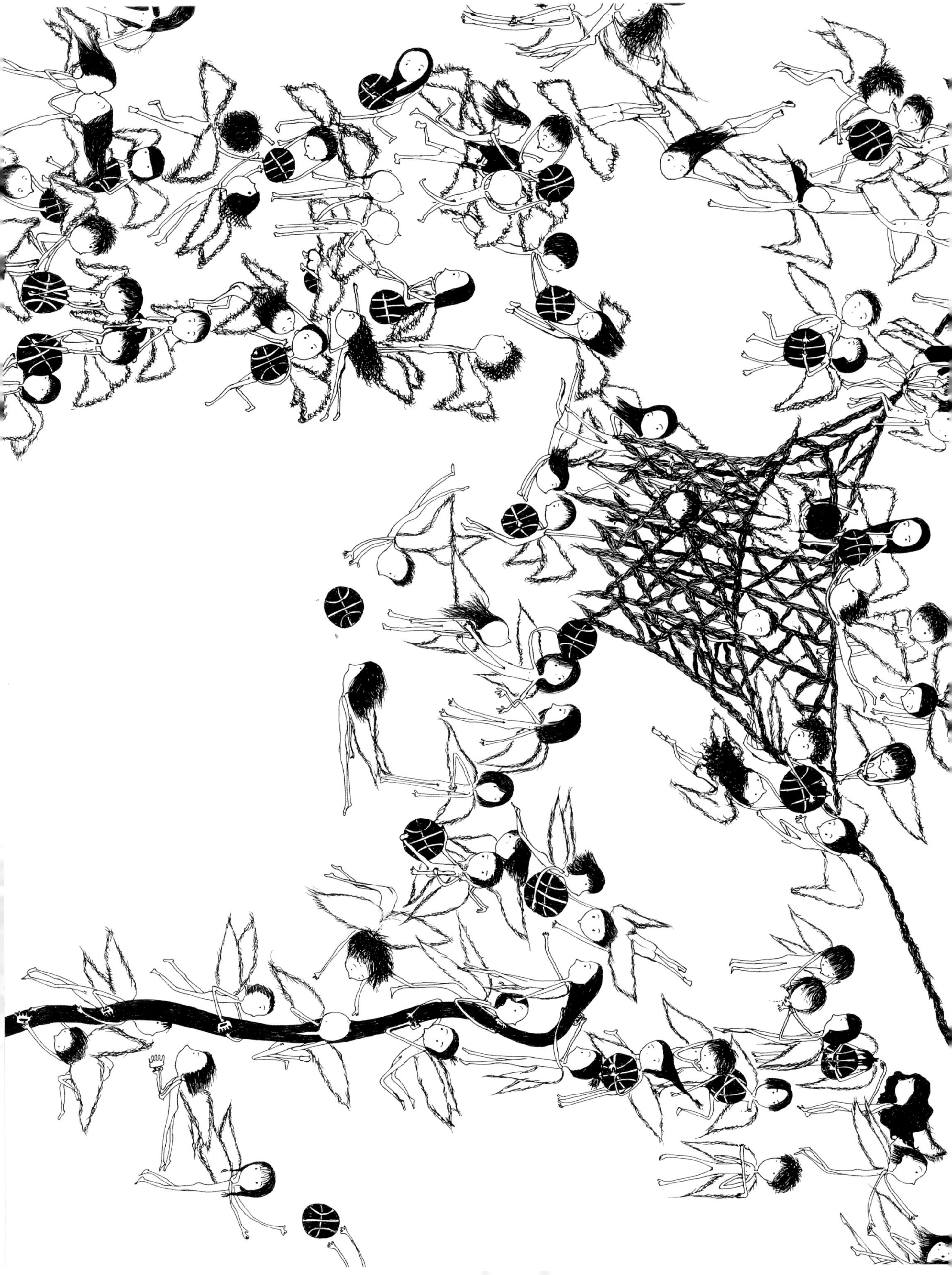

國家圖書館出版品預行編目資料

彷彿你陪伴著我／吳佳穎圖文.
-- 初版. - 臺北市：大田, 民96
面；　公分.—（視覺系；019）
ISBN 978-986-179-037-4（平裝）
855　　　　96002199

視覺系 019

彷彿你陪伴著我

作者：吳佳穎
發行人：吳怡芬
出版者：大田出版有限公司
台北市106羅斯福路二段95號4樓之3
E-mail:titan3@ms22.hinet.net
http://www.titan3.com.tw
編輯部專線(02)23696315
傳真(02)23691275
（如果您對本書或本出版公司有任何意見，歡迎來電）
行政院新聞局版台業字第397號
法律顧問：甘龍強律師
企劃、經紀：紫米音樂 陶婉玲viennatao@gmail.com
企劃協力：蔡玉青　劉於侖

總編輯：莊培園
主編：蔡鳳儀／編輯：蔡曉玲
企劃統籌：胡弘一／企劃助理：蔡雨蓁
網路編輯：陳詩韻
視覺構成：張珮萁
校對：吳佳穎／蔡曉玲
印製：知文企業（股）公司・(04)2358-1803
初版：2007年（民96）三月三十日
定價：新台幣250元

總經銷：知己圖書股份有限公司
（台北公司）台北市106羅斯福路二段95號4樓之3
TEL:(02)23672044・23672047　FAX:(02)23635741
郵政劃撥帳號：15060393
戶名：知己圖書股份有限公司
（台中公司）台中市407工業30路1號
TEL:(04)23595819　FAX:(04)23595493

國際書碼：ISBN 978-986-179-037-4 / CIP:855/96002199
Printed in Taiwan

※請沿虛線剪下，對摺裝訂寄回，謝謝！

廣　告　回　郵
北區郵政管理局登記證北台字1764號
免　貼　郵　票

大田出版有限公司　編輯部收

地址：台北市106羅斯福路二段95號4樓之3

電話：（02）23696315-6　傳真：（02）23691275

E-mail：titan3@ms22.hinet.net

地址：

姓名：

TITAN
大田出版

智　慧　與　美　麗　的　許　諾　之　地

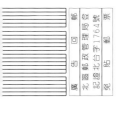

閱讀是享樂的原貌，閱讀是隨時隨地可以展開的精神冒險。

因爲你發現了這本書，所以你閱讀了。我們相信你，肯定有許多想法、感受！

讀　者　回　函

你可能是各種年齡、各種職業、各種學校、各種收入的代表，
這些社會身分雖然不重要，但是，我們希望在下一本書中也能找到你。

名字／__________ 性別／□女 □男　出生／____年____月____日

教育程度／__________

職業：□ 學生　□ 教師　□ 內勤職員　□ 家庭主婦
□ SOHO族　□ 企業主管　□ 服務業　□ 製造業
□ 醫藥護理　□ 軍警　□ 資訊業　□ 銷售業務
□ 其他 __________

E-mail/__________ 電話/__________

聯絡地址：__________

你如何發現這本書的？　　書名：彷彿你陪伴著我

□書店閒逛時__________書店 □不小心翻到報紙廣告（哪一份報？）__________

□朋友的男朋友（女朋友）灑狗血推薦 □聽到DJ在介紹__________

□其他各種可能性，是編輯沒想到的 __________

你或許常常愛上新的咖啡廣告、新的偶像明星、新的衣服、新的香水……
但是，你怎麼愛上一本新書的？

□我覺得還滿便宜的啦！ □我被內容感動 □我對本書作者的作品有蒐集癖
□我最喜歡有贈品的書 □老實講「貴出版社」的整體包裝還滿 High 的 □以上皆非 □可能還有其他說法，請告訴我們你的說法

____

你一定有不同凡響的閱讀嗜好，請告訴我們：

□ 哲學　□ 心理學　□ 宗教　□ 自然生態　□ 流行趨勢　□ 醫療保健
□ 財經企管　□ 史地　□ 傳記　□ 文學　□ 散文　□ 原住民
□ 小說　□ 親子叢書　□ 休閒旅遊 □ 其他 __________

一切的對談，都希望能夠彼此了解，否則溝通便無意義。
當然，如果你不把意見寄回來，我們也沒「轍」！
但是，都已經這樣掏心掏肺了，你還在猶豫什麼呢？
請說出對本書的其他意見：

大田出版有限公司編輯部 感謝您！

＊請沿虛線剪下，對摺裝訂寄回，謝謝！